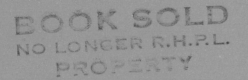

老鼠阿修的夢

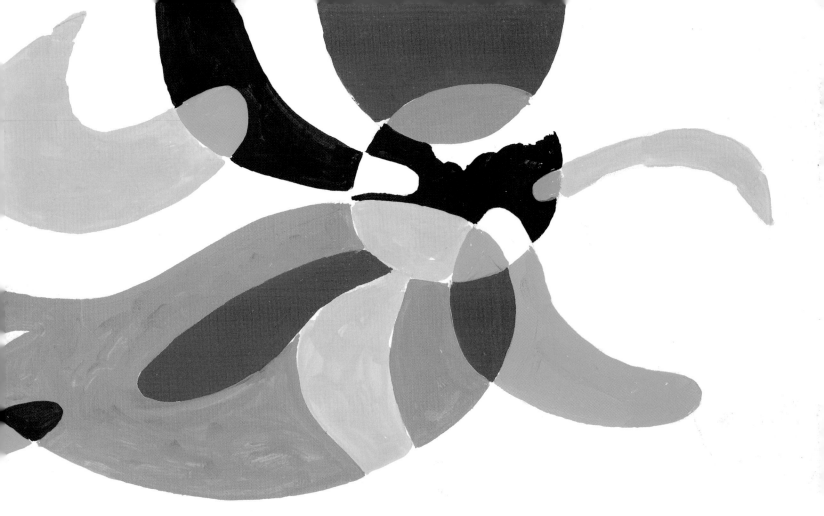

老鼠阿修的夢

李歐‧李奧尼　著
孫晴峰　譯

上誼文化實業股份有限公司

老鼠夫婦和他們惟一的孩子阿修，
一塊兒住在滿是塵埃的閣樓裡。

閣樓的一角，掛著蜘蛛網，堆滿了
書、雜誌、舊報紙、殘破的檯燈和洋
娃娃。那兒，便是阿修的天地。

　　老鼠夫婦很窮，但是他們對阿修卻有著很高的期望。也許，他長大以後會當醫生呢。果真如此，他們三餐便都有美味的乳酪可吃了。

　　但是，當他們問阿修長大以後要做什麼，阿修卻回答：「我不知道⋯⋯我想看看這個世界。」

有一天，老師帶著阿修和同學們到美術館去。那可是頭一遭呢。

　　大家兒對眼前所見，都驚嘆不已。

　　有一幅巨大的畫像，是穿著將軍制服的老鼠王四世，看起來神氣活現。在它旁邊，是一幅乳酪的畫，阿修看了直流口水。

　　還有的畫，畫著長了翅膀，在空中飄浮的老鼠，也有長了角，尾巴像掃把一樣的老鼠。

　　畫裡有高山，有急流和在風中搖曳的樹枝……阿修心裡想，世界都在這兒了。

　　阿修完全被這些畫吸引了。他一個房間走過一個房間，仔細的欣賞每一幅畫，內心充滿了快樂。有些畫，他起初看不懂，例如那幅乍看像是一堆麵包皮的畫，凝神再看，一隻老鼠浮現出來了。

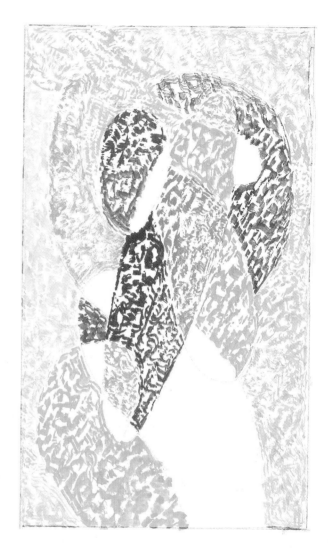

轉過一個彎，阿修迎面碰到另
一隻小老鼠。

她對著阿修微笑，說：「我是妮
可，這些畫真是太棒了，是不
是？」

那天晚上，阿修做了一個奇怪的夢。

他夢見自己和妮可手牽著手，在一幅廣大無邊、絢麗奇妙的圖畫裡走著。

　　歡樂的色塊在他們腳下不停的變換著，　太陽和月亮也隨著遠方傳來的音樂聲，　繞著他們緩緩移動。

　　阿修從來沒有這麼快樂過。

　　他擁抱著妮可，　輕聲的說：「讓我們永遠待在這裡吧。」

阿修突然驚醒過來。 妮可和他的夢
一起消失了。 閣樓的一角顯得灰暗、
寂寞而淒涼。 淚水湧上了阿修的眼
睛。

但是，像變魔術一般，阿修眼前的景象起了變化。形狀與形狀開始互相融合，灰暗的雜物堆也明亮起來。即使是皺巴巴的舊報紙，也變得又柔軟又平滑。

阿修彷彿聽見那熟悉的音樂聲。

他跑到爸爸媽媽那兒。

「我知道了，」他嚷著：「現在我知道了！我要做一個畫家！」

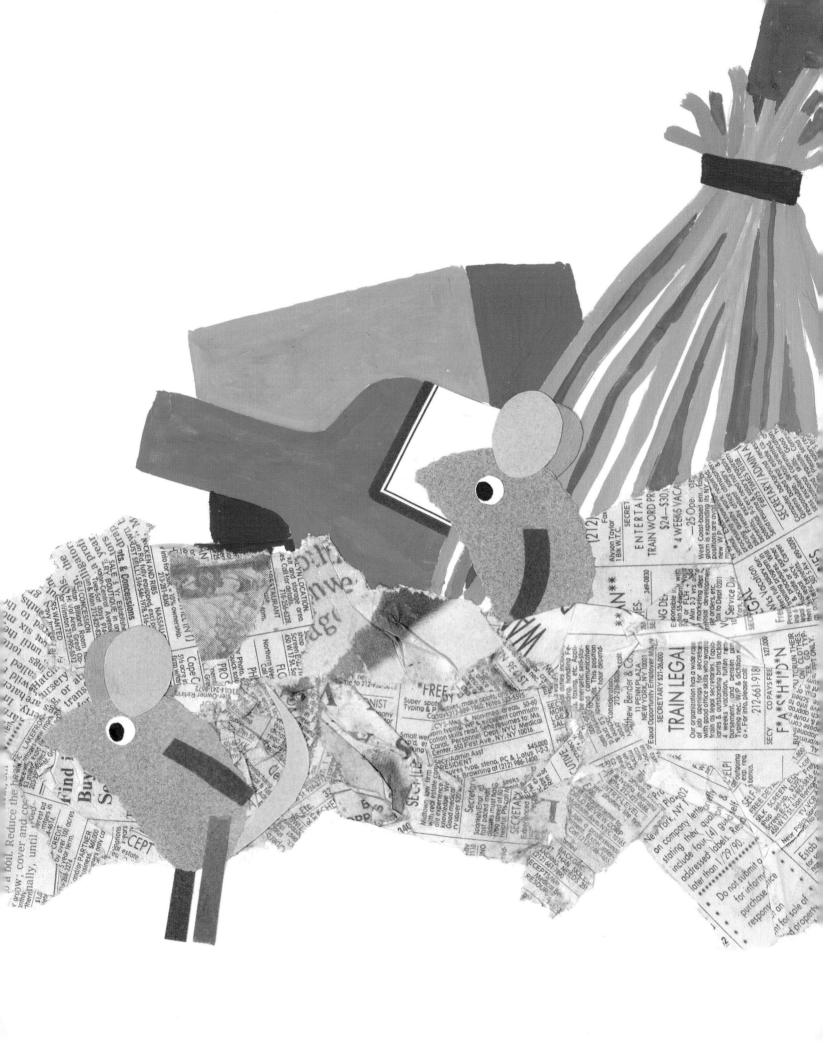

阿修成了了一名畫家。

他努力的工作， 在巨大的畫布上，
繪滿了歡樂的色彩和形狀。

後來，阿修和妮可結婚了。

在他成名以後，世界各地的老鼠都來欣賞和收購他的畫。

阿修最大的一幅畫，
掛在美術館的牆上。

　　有老鼠問他，那幅畫
叫什麼名字呢？

　　「什麼名字？」阿修笑
了，好像他從來沒有想
過這個問題似的。

　　「我的夢。」他說。

MATTHEW'S DREAM

Text & Illustrations Copyright © 1991 by Leo Lionni

This edition published by arrangement with Alfred Inc., New York, N.Y., U.S.A. through

Bardon-Chinese Media Agency.

Chinese translation copyright © 1991 HSINEX INTERNATIONAL CORPORATION

All rights reserved.

中文版授權　上誼文化實業股份有限公司　出版發行

老鼠阿修的夢

文・圖／李歐・李奧尼　譯／孫晴峰　發行人／張杏如

執行製作／賴美伶　文字編輯／李紫蓉、林芳萍　美術編輯／蔡泉安　生產管理／王彥森

印刷／中華彩色印刷公司　裝訂／精益裝訂有限公司　出版／上誼文化實業股份有限公司

地址／台北市重慶南路二段75號　電話／（02）23913384（代表號）　網址／http://www.hsin-yi.org.tw

客戶服務／service@hsin-yi.org.tw　郵撥／10424361・上誼文化公司　定價／250元

1991年11月初版　2010年2月初版十二刷　行政院新聞局局版臺業字第3522號　ISBN／957-9691-50-9（精裝）

有版權・勿翻印　如有破損或裝訂錯誤請寄回更換　　讀者服務／信誼・奇蜜親子網 www.kimy.com.tw